RUBY, MONO VE, MONO HACE

por
Peggy Rathmann

Traducido por Yolanda Noda

SCHOLASTIC INC.

New York Toronto London Auckland Sydney
Mexico City New Delhi Hong Kong Buenos Aires

ISBN 0-590-50211-5

17 16 15 14 13   10 11 12 13 14/0

Printed in the U.S.A.   40

First Scholastic printing, August 1995

Para Abuelita Joy y Papá George,
que siempre tratan de dar un buen ejemplo.

Un agradecimiento especial a las escuelas Loma Vista
y Pierpont, de Ventura.

El lunes fue el primer día de Ruby en la clase de la señorita Lara.

—Clase, les presento a Ruby —anunció la señorita Lara—. Ruby, puedes ocupar el pupitre vacío detrás de Angela. Angela es la niña que lleva un bonito lazo rojo en el cabello.

Angela le sonrió a Ruby.

Ruby le sonrió al lazo de Angela y caminó de puntillas hasta llegar a su asiento.

—Espero que todos hayan tenido un agradable fin de semana —dijo la señorita Lara—. ¿Alguien tiene algo especial que contar?

—Yo llevé el ramillete de flores en la boda de mi hermana —dijo Angela.

—¡Qué emocionante! —dijo la señorita Lara.

Ruby apenas levantó la mano.

—También yo llevé las flores en la boda de mi hermana.

—¡Qué coincidencia! —dijo la señorita Lara.

Angela se volvió y le sonrió a Ruby.

Ruby miró el peinado de Angela y se sonrió.

Clase, por favor, saquen los libros de lectura —dijo la señorita Lara.

A la hora de almuerzo, Ruby se fue a su casa, saltando todo el camino en un solo pie.

Cuando Ruby regresó a la escuela, llevaba un lazo rojo en el cabello. Se escurrió en su asiento detrás de Angela.

—Me gusta tu lazo —le susurró Angela.

—A mí también me gusta el tuyo —le contestó Ruby en voz baja.

—Clase, por favor, saquen los libros de matemática —dijo la señorita Lara.

El martes por la mañana,
Angela llevaba un suéter
estampado con margaritas.
    A la hora de almuerzo,
Ruby se fue a su casa,
saltando de lado a lado.

Cuando Ruby regresó a la escuela después del
almuerzo, llevaba un suéter adornado con margaritas.

—Me gusta tu suéter —le susurró Angela.

—Me gusta el tuyo también —le contestó Ruby en voz baja.

El miércoles, Angela llevaba una camiseta pintada
a mano que hacía combinación con sus zapatos de lona.

Cuando Ruby regresó del almuerzo, llevaba puesta
una camiseta pintada a mano y unos zapatos de lona
que hacían juego.

—¿Por qué te sientas así? —le preguntó Angela.

—Es pintura fresca —le dijo Ruby.

El jueves en la mañana, Angela le mostró a la clase el vestido que estrenó en la boda de su hermana.

Después del almuerzo, Ruby también modeló su vestido.

Angela no dijo nada.

Por pura coincidencia, el viernes por la mañana, las dos niñas llevaban vestidos de rayas rojas y violetas.

A la hora de almuerzo, Angela corrió a su casa.

Cuando regresó a la escuela, estaba
vestida de negro.

El viernes por la tarde, la señorita Lara les pidió
a todos que escribieran un poema corto.

—¿Quién quiere leer primero? —preguntó la
señorita Lara.

Angela levantó la mano. Se puso de pie al lado de su pupitre y comenzó a leer:

Yo tuve un gato que nunca vi
Pues siempre estaba detrás de mí.
Fue muy triste no conocerle
Y mucho más no poder verle.

—¡Muy bien, muy bien! —dijo la señorita Lara—. Ahora, ¿quién le sigue? —La señorita Lara miró a toda el aula—. ¿Ruby?

Ruby se puso de pie y lentamente comenzó a recitar:

Yo tenía una mascota
A quien nunca conocí
Pues siempre estaba detrás de mí.
Segura estoy que era un gato también.

Ruby miró la cabeza de Angela y se sonrió.
Alguien susurró algo y Ruby se sentó.
—¡Qué coincidencia! —murmuró la señorita Lara.

Angela garabateó algo en un pedazo de papel y se lo pasó a Ruby.

La nota decía:

¡ME COPIASTE!
¡SE LO DIRÉ A LA SEÑORITA LARA!
P.D. NO ME GUSTA NADA TU PEINADO.

Ruby hundió la barbilla en el cuello de la blusa. Una lágrima enorme se deslizó por su nariz y cayó sobre el papel.

Cuando el timbre sonó, la señorita Lara despidió a toda la clase menos a Ruby.

La señorita Lara cerró la puerta del aula y se
sentó en el borde del pupitre.

—Ruby —le dijo con dulzura—, no necesitas
copiar todo lo que Angela hace. Tú puedes ser lo que
quieras ser, pero ante todo debes de ser tú, Ruby.
A mí me agradas como eres.

La señorita Lara le sonrió a Ruby. Ésta observó las uñas esmaltadas y bellas de la señorita Lara y sonrió.

—Que tengas un buen fin de semana —le dijo la señorita Lara.

—Que tenga un buen fin de semana —dijo Ruby.

El lunes por la mañana, la señorita Lara dijo:

—Espero que todos hayan disfrutado el fin de semana. El mío fue agradable. Fui a la ópera.

—La señorita Lara miró a su alrededor—. ¿Alguien tiene algo especial que contar?

Ruby agitó la mano. Pegada a cada dedo tenía una uña postiza rosada.

—Yo también fui a la ópera —dijo Ruby.

—¡No es cierto! —murmuró Angela.

La señorita Lara juntó las manos
y se puso muy seria.

—Ruby —dijo la señorita Lara con dulzura—,
¿hiciste alguna otra cosa este fin de semana?

Ruby se quitó una uña.

—Salté —dijo Ruby.

Se oyó una risita en la clase.

Las orejas de Ruby se pusieron rojas.

—¡Pues sí que lo hice! ¡Salté alrededor de la mesa
del patio diez veces! —Ruby miró a su alrededor—.
¡Vean!

Ruby se levantó del pupitre.

Saltó hacia delante.

Saltó hacia atrás.

Saltó de lado a lado con los ojos cerrados.

La clase gritó y aplaudió al ritmo de los pies
de Ruby. Era la mejor saltarina que habían visto.

La señorita puso un casete con música y dijo:

—¡Síganla! ¡Bailen todos al ritmo de Ruby!

Y Ruby guió a la clase por toda el aula, mientras los otros niños la imitaban *a ella*.

A la hora de almuerzo, Ruby y Angela
se marcharon dando saltos a sus casas.